荒野求生

中国大冒险

地震余生

［英］贝尔·格里尔斯　著　王欣婷　译

BEAR GRYLLS

湖南文艺出版社
HUNAN LITERATURE AND ART PUBLISHING HOUSE

小博集
BOOKY KIDS

Chinese Adventures Stories 1: Earthquake

Copyright © Bear Grylls Ventures 2023

This edition is published by arrangement with Peters, Fraser and Dunlop Ltd. through Andrew Nurnberg Associates International Limited Beijing

Translation copyright © 2023 by China South Booky Culture Media Co.,LTD

著作权合同登记号：图字 18-2023-126

图书在版编目（CIP）数据

地震余生 /（英）贝尔·格里尔斯著；王欣婷译 . -- 长沙：湖南文艺出版社，2023.9
（荒野求生·中国大冒险）
书名原文：Chinese Adventures Stories 1: Earthquake

ISBN 978-7-5726-1282-4

Ⅰ. ①地… Ⅱ. ①贝… ②王… Ⅲ. ①儿童小说—中篇小说—英国—现代 Ⅳ. ① I561.84

中国国家版本馆 CIP 数据核字（2023）第 121296 号

上架建议：儿童文学

HUANGYE QIUSHENG ZHONGGUO DA MAOXIAN DIZHEN YUSHENG
荒野求生 中国大冒险 地震余生

著　　者：[英]贝尔·格里尔斯
译　　者：王欣婷
出 版 人：陈新文
责任编辑：匡杨乐
监　　制：李　炜　张苗苗
策划编辑：马　瑄
特约编辑：张晓璐
营销编辑：付　佳　杨　朔　付聪颖
版权支持：王媛媛
版式设计：马睿君
封面设计：霍雨佳
封面绘图：冉少丹
内文绘图：段　虹
内文排版：金锋工作室
出　　版：湖南文艺出版社
　　　　　（长沙市雨花区东二环一段 508 号　邮编：410014）
网　　址：www.hnwy.net
印　　刷：三河市鑫金马印装有限公司
经　　销：新华书店
开　　本：875 mm × 1230 mm　1/32
字　　数：58 千字
印　　张：4.5
版　　次：2023 年 9 月第 1 版
印　　次：2023 年 9 月第 1 次印刷
书　　号：ISBN 978-7-5726-1282-4
定　　价：22.00 元

若有质量问题，请致电质量监督电话：010-59096394
团购电话：010-59320018

贝尔·格里尔斯的求生小提示

灾难当头，想要活下去，你必须：

1. 一定要保持绝对的冷静。

2. 利用好手边的一切物品，物尽其用。

3. 随时了解你身边的环境，熟悉地形，以便危急关头用最快速度找到逃生之路。

4. 如果还有其他选择，不要贸然进入漆黑的陌生环境。

5. 仔细观察，及时发现周围潜在的危险，并立刻远离。

6. 撤离危险区域时，要动作迅速，但决不能奔跑，防止摔倒。

7. 每人每天至少要喝两升水，在极端环境下尤其要注意，防止脱水。

8. 处于未知环境时，最好结伴活动，不要落单。

9. 有时候原地等待救援，也是一个不错的选择。

最后一点，也是最重要的一点，

永远不要放弃求生的希望！

目　录

第 一 章　　　模型小城　　　　　　1

第 二 章　　　九分钟!　　　　　　6

第 三 章　　　地震带上的地区　　　13

第 四 章　　　像一艘潜水艇　　　　18

第 五 章　　　塌了怎么办?　　　　22

第 六 章　　　保护好自己!　　　　28

第 七 章　　　好风景　　　　　　　32

第 八 章　　　断桥　　　　　　　　39

第 九 章　　　你需要看医生　　　　47

第 十 章　　　小水流　　　　　　　54

第 十 一 章　　余震　　　　　　　　59

第 十 二 章　　就像原始洞穴　　　　66

第 十 三 章　　离地面近了三米　　　74

第 十 四 章　　部队绝招　　　　　　80

第 十 五 章　　　燃烧的绷带　　　　　　　　　84

第 十 六 章　　　另一条出路　　　　　　　　　87

第 十 七 章　　　试着正常呼吸　　　　　　　　91

第 十 八 章　　　可怕的裂缝　　　　　　　　　94

第 十 九 章　　　单套结　　　　　　　　　　　98

第 二 十 章　　　充满信心、目标明确　　　　　102

第二十一章　　　物尽其用　　　　　　　　　　107

第二十二章　　　整个游泳池的水　　　　　　　112

第二十三章　　　不会又来了吧?!　　　　　　　115

第二十四章　　　谁也不能进去　　　　　　　　121

第二十五章　　　漩涡和喷泉　　　　　　　　　126

第二十六章　　　让灯再亮起来　　　　　　　　131

第二十七章　　　火灾前奏　　　　　　　　　　137

第 一 章

模型小城

"这是你们的新学校。"妈妈说。

爱玛·托马斯和艾登·托马斯伸长了脖子。在他们面前的，是他们刚搬来的这座四川西部小城的模型。模型几乎占满了家里客厅的地板。

"这里吗?"艾登一边问，一边把手伸向其中一个大楼的模型。

"不要碰!"他们的爸爸蒂姆赶忙说，"我明天还要给市长看的。"

艾登赶紧把手收了回来。

"不过，是的，"他们的妈妈苏说，"就是这里。"

模型由喷上漆的塑料和聚苯乙烯组成，爱玛眯起眼睛看着它。她和弟弟都是贝尔·格里尔斯的粉丝。贝尔总说，幸存者一定非常熟悉他所处的地形。所以，现在她尝试着将模型和她所看到的真实城市对应起来。

这对双胞胎曾为这座小城到底是建在大而矮的山丘上还是小而高的山坡上争执，无论如何，它确实是建在一个斜坡上。溪水流过峡谷，将山分割成两半，再朝东流入肥沃的平原。

通过这个模型，他们可以了解整座城市的布局。所有的商店和办公楼都在市中心，紧邻河边。接着是一片片和他们住的地方类似的居民楼，公园、花园和湖泊点缀其间。草地枯黄而干燥，看得出来，这里刚经历了一个漫长而炎热的夏天。公路网将城市里的一切连接起来。整座小城都是新的。

几年前，这里还什么都没有呢。

学校在城北最高处的教学园区里，他们之前已经参观过了。所以爱玛看着模型的时候，能够在脑子里想象出校园的样子。她能看到三个校区——小学部、初中部、高中部，还有体育馆、跑道和室外球场。

"所以，发电机会放在哪里？"艾登问。蒂姆自豪地把最后一块模型放在小城南边的最高处。它看上去像一朵奇怪的花，花茎很长，有三片长长的花瓣。艾登知道真实的"花茎"有一百米高。每片"花瓣"都是四十米长的金属叶片。

"虽然这里只有一个，"蒂姆说，"但最终会有五台风力发电机为城市供电……"他正说着，门铃响了。真奇怪，会是谁呢？

爱玛离大门最近。

"我去开门吧。"她说。她跑去开门，看到门口站着一对面带笑容的中国男孩和女孩，年纪和她差不多大。

"嗯……你好？"爱玛有些惊讶地说。

"你好！"男孩瘦瘦高高的，友好地笑着，"我叫李强。"

"我叫顺蕊。"女孩说。她的个子矮一些，脸圆乎乎的。

"我住在你们楼上。"李强说。他语速很慢，似乎不确定来自外国的爱玛是否能听懂。

"我住在你们楼下两层。"顺蕊用更亲切的语气说，就像爱玛也是中国人一样。

"听说你们会跟我们在同一个班……"

"……所以我们决定来打个招呼！"

"你们好啊！"苏出现在爱玛身后，"进来吧！"她带着两个中国孩子来到客厅。

"哦，好酷！"李强看到了模型，"这是我们的城市吗？"

"是的……"蒂姆马上意识到房子里又多了两

个人，模型被撞倒的风险又加大了，"艾登、爱玛，带着你们的客人去阳台好吗？我们会给你们拿些点心。"

第 二 章

九分钟！

"我一直在想，"顺蕊说，"既然你们在同一个班，那你们一定年纪相仿。"

四个孩子舒舒服服地坐在阳台的椅子上，这栋楼里的每间公寓都有一个阳台，可以俯瞰楼下的小湖。艾登和爱玛的父母拿来了一些饮料和点心就离开了，留下孩子们继续聊天。他们相处得很好，就像认识了很久一样。

"是的，我们是双胞胎。"爱玛说。

"啊，我还从没见过双胞胎呢！"

"你可能已经注意到了，我比我姐姐高一点儿。"艾登欢快地说。

"但我比你大！"爱玛马上接话。

"大九分钟。"

"哪怕是九秒，"爱玛指出，"我仍然比你大！"

李强早就不再慢慢说话了，因为他知道爱玛和艾登能听明白。他们沟通起来很顺畅。

"你们的普通话说得真好！"李强说。

"我们自打出生起就住在中国。"爱玛笑着说。

"之前在北京。"艾登补充道。

"啊！我好想去北京啊！"顺蕊说，"你们觉得四川怎么样？"

双胞胎互相看了看，都想起了从北京飞到这里的旅程。飞机到达四川省的时候，他们看到了一望无际的绿色和棕色的田野。河水像巨蟒一般慵懒地蜿蜒在这片土地上，森林看起来像是被一只巨大的手随意撒下的。苏告诉过他们，四川的土地养活了中国大部分地区。

"四川比北京的绿色植物多。"爱玛说。

"而且，这个城市也新得多。"艾登说。

"所以，你们为什么搬来这里？"顺蕊问。

艾登和爱玛又互相看了看。这是人们经常问他们的问题，一般人们听到答案后有两种反应，不甚在意或十分感兴趣。

"我们的父母是工程师。"艾登说，他高兴地看到李强竖起了耳朵。顺蕊看起来不是很感兴趣，但也不觉得无聊。

"环境工程师。"爱玛补充说。

"他们的工作是帮助中国和欧洲的公司共同开发利用太阳能和风能。"艾登说，"我们到这儿来，是因为爸爸正在设法修建一台森林用的风力发电机。这就是小城模型的作用——帮助规划建设的位置。据说这里的风力很好、很稳定，所以很适合。"

"风这里肯定有。"李强表示同意，"我还能告诉你每天具体的风速。"

"他的确会告诉你的，如果你不打断他。"顺蕊悄悄对爱玛说。说完她就笑了，显然这只是个玩笑。

"这是我的科学项目。"李强说，"学校的顶楼有一个气象站，我每天都可以上去读表。"

现在轮到艾登竖起耳朵了。

"真有趣！"他说。李强仔细看着他，以确认他不是在开玩笑。

"真的吗？"李强认真地问。他还不太习惯有人对他的科学项目感兴趣。

"当然啦。"艾登说，"爸爸总是说，如果你要利用自然来制造能源，就必须知道自然能给你什么。我想学习相关技术，也成为像爸爸妈妈一样的工程师。"

"我们两个都是这么想的。"爱玛补充道。

李强的脸上露出大大的笑容。

"那你愿意帮我一起做我的科学项目吗？我还能跟你练习英语！"

"当然！"艾登说，"那可真 brilliant（棒）。"

最后一个单词他是用英语说的。李强一脸疑惑，爱玛翻译之后，他笑了起来。

"是的。"他用普通话说，然后也尝试着用英语说"棒"。艾登纠正了他的发音，李强又试了几次，直到两个男孩子都笑得前仰后合。

爱玛转移了话题，要不然他们四个都要笑得直不起腰了。

"顺蕊，你手臂上的徽章是什么？"爱玛问。她已经琢磨了一会儿了。那是一个蓝色的圆圈，上面有白色的图案和文字。

"这个？"顺蕊很高兴爱玛对这个感兴趣，"这是游泳队的。游泳是我最喜欢的课外活动。"

爱玛的眼睛亮了起来。

"游泳？在北京的时候我每天都游。"

"那你要不要加入女子游泳队？"

"好啊！"

现在他们已经很熟络了。

"你也可以帮助我练习英语。"顺蕊又说，"有了你的帮助，我们肯定进步飞快。"

"是的。"李强还在笑，不过男孩子们已经恢复平静了，"我们平常也会从外语电视节目上自学。"

"贝尔·格里尔斯！"顺蕊接着说，"你看过他的节目吗？'吃这个黏糊糊的恶心的昆虫可以救我的命！'"

"但是他不吃黏糊糊的东西。"艾登笑着指出，"他只吃不黏、无毛的昆虫。"

"所以你看过他的节目！"

他们聊了一会儿贝尔·格里尔斯，最后话题落在不同国家的生活经历上。

"把在欧洲的生活都告诉我们吧。"李强说，"你们必须要按照女士的指示做事吗？"

"嗯……"爱玛说。他们在中国生活得太久了，对家乡的事情其实并不太了解，中国就是他们现在的家。她几乎可以肯定，答案是"不需要"。她用眼神向艾登寻求帮助，但是弟弟连问题都没听到，他正盯着桌上杯中的柠檬汁看。

爱玛也凑过去，想看看到底出了什么问题。

柠檬汁里泛起了涟漪。完美的小圆圈在杯口附近上下舞动，就像有人扔进去了一块鹅卵石，然后溅起了水花。但是并没有人这么做，涟漪就这样出现了。

"太奇怪了！"爱玛叫道。

顺蕊看着杯子笑了。

"哦，一定是地震。"她并不在意地说，"我们这儿经常发生地震。

第 三 章

地震带上的地区

"地震?"爱玛大叫。她和艾登直勾勾地盯着顺蕊,顺蕊说得那么轻松,就好像地球每天都在震动一样。

"这一带常有地震。"李强的表情也很从容,他举起一根手指,竖起耳朵,"等着看吧……"

楼下响起一辆汽车的警报声,然后是第二辆,第三辆……李强笑了起来。

"汽车的警报系统总是以为有人要偷车,其实那不过是大地在晃动。"

现在艾登和爱玛又盯着李强。

"总是?"艾登重复道,"多长时间会发生一次?"

"嗯……"顺蕊和李强对视一眼,耸耸肩。

"时不时吧。"顺蕊说,"每次都不会持续太久。看!已经停了。"

艾登和爱玛又看了看玻璃杯。顺蕊说得没错,柠檬汁里已经没有涟漪了。

"这都是因为龙门山断层。"李强说,"就是地壳的两个板块撞击在一起。"他用手演示,把两只手紧紧地合在一起。

"我知道地震是如何形成的。"艾登说。

"我不知道。"爱玛说,"请继续说。"

"好的。"李强说,"压力越来越大,直到……"他的一只手从另一只手上迅速滑过,接着他说:"压力必须释放出来。一切发生得太快了,以至于冲击波穿透地面。你们听说过 2008 年的四川大地震吗?"

艾登和爱玛都摇了摇头，2008年他们还没出生。现在他们更担忧的是，他们搬到了一个地震频发的地方。

"我妈妈说，当时太可怕了，"顺蕊说，"地震持续了约两分钟，然后还有很强的余震。很多很多的楼房都倒塌了，数万人因此遇难。"

"余震？"爱玛问。

"就是地震波从地底反弹回来的时候造成的二次震动，就像游泳池里的水波会从四周回弹一样。"

"那次地震之所以如此强烈，是因为压力已经累积很久了。"李强补充说，"所以你看，我们现在感受到一点震动是好事。这说明压力正被轻缓地释放出来。"

"不过你们不用担心。"顺蕊向他们保证。他们见到爱玛和艾登的表情后，善意地笑了笑。"在之前的地震过后，城市里所有的房子都是按防震要求建造的。有时候你只会感觉到轻微的震动，就像刚才那样。仅此而已。"他们说。

"你刚才说 2008 年的地震持续了两分钟。"爱玛指出。

"是的，但那是不寻常的。"李强向她保证，"一般也就几秒钟。"

"如何让楼房防震呢？"艾登问。

李强耸耸肩，说："我猜要用钢筋和混凝土这样的材料，才能把房子建得结结实实的。但我爸爸说无论用什么材料，现在的楼房不可能完全防震，但是可以尽量不倒塌，这样就不会伤到里面的人了。最重要的是，人们有时间安全逃脱。"

"那好吧。"爱玛和艾登有点紧张地互相看了看，然后笑了笑。他们的新朋友看上去并没有因生活在会发生地震的地方而困扰。如果这里的楼房是防震的，那他们的家也是。所以，应该没问题的。

但哪怕是这样，他们也要了解一些防震知识！

"我们得查查如何才能在地震时活下来。"艾登小声说。

"同意！"爱玛说。

第 四 章

像一艘潜水艇

"准备好了吗?"游泳教练黄老师喊道。爱玛已经做好了准备,她身着泳装,和另外十个女孩子站在一起。接着她蹲下身子,手臂直直地伸到身后。

阳光从有三层楼高的窗户洒进游泳池,在看台上,人们能透过窗看见学校和小城。看台上是一排排为观众设的椅子,但今天它们是空的。空气里弥漫着水和氯的味道。

"各就各位……"

　　黄老师穿着一件白色的 T 恤和运动裤，神情严肃、身材健壮。顺蕊说他曾在部队服役，爱玛觉得他这种不苟言笑的态度或许就是从部队里继承的。不过，她认识的大部分体育老师也是这样的。

　　"出发！"黄老师吹响了哨子。

　　爱玛挥动双臂，向前冲了出去。她像箭一样进入水中，然后马上开始呼气。水花和气泡低沉的响声灌入她的耳朵，她的手动了起来，这样的话，头露出水面的那一刻，她就已经在游泳了。

　　她马上开始自由泳。第一划她抬起左手，转头吸气。第二划、第三划，她把头转入水中，呼气。右臂、左臂划动。再抬头，划动右臂。

　　就这样，她一下一下地向前游。她是在北京的学校学会这样游泳的，每划三下，吸气。蹬脚，低头，像潜水艇一样滑行。

　　很快，爱玛的指尖就碰到了泳池的边。她四处看看，眨眨眼睛。"还不赖。"她对自己说。她应该处于第三组的中间位置。她不是最早游完的，但肯定也不在最后。

黄老师在爱玛上方的泳池边蹲下。

"你的技术很不错。"他说。表情依旧严肃，看不出来是赞许还是生气，不过跟之前比还是有了微妙的变化，爱玛很确定他现在是赞许的。黄老师继续说："但是你换气的时候头抬得太高了。你抬起头的时候，脚就会下沉，速度也会减慢。你应该水平转头，而不是抬头。"

然后他走向下一个女孩。爱玛和顺蕊相视而笑，这真好玩！

游泳课进行了几个小时才结束。

大家从更衣室出来时，看见黄老师准备好了一些塑料箱在等着他们。

"游泳帽放在这个箱子里！"他说，"臂章放在这里！很好，谢谢你。下周六见！你们俩……"

他指的是顺蕊和爱玛，她们是最后离开的。顺蕊正指着走廊向爱玛介绍，它们是通往健身房以及壁球、网球和羽毛球场的。体育馆也跟这座小城一样，崭新而现代。

"你们来帮我收好器材。"他发出命令。

"我们怎么没快点走。"顺蕊低声说，但声音还是不小，让黄老师听见了。他板起的脸上似乎露出了一点笑意。

"希望你们下次吸取教训。这边走。"

第 五 章

塌了怎么办？

爱玛和顺蕊每人搬起一个箱子。爱玛想起妈妈告诉她的话："从地上搬东西的时候，背部挺直，只弯曲膝盖，用腿发力。腿就是干重活的，但脊椎不行。"

黄老师带着她们走过几扇写着"员工专用"的门，又顺着水泥楼梯往下走到尽头，最后从一条走廊的中间走了出来。走廊很长，贯穿了整个体育场。这里比楼上昏暗，爱玛意识到他们来到了地下，因为这里没有窗户，只有灯光。

正对着楼梯的是一间小办公室,爱玛猜黄老师就在这儿办公。他带着她们继续沿着走廊往前走,然后通过一扇厚重的防火门,走入一间房间。这是地下室里最大的一间房间。

房间里摆满了桌子、柜子,他们的头顶上全是粗粗的管道。另外还有一些通往其他房间的门,每扇门上都有写着红字的牌子。爱玛决定练习练习拼音,她读了最近的那个牌子,能猜到是"禁止入内"的意思,其他的字就难多了。空气中回荡着持续不断的嗡嗡声,她离这些门越近,声音似乎就越大。

"这间写着'设备室'的房间里,"顺蕊说,"都是锅炉和泵。"

"顺蕊,你告诉爱玛东西都放哪儿。"黄老师指示道,"我要去填写一些文件。"

"来这儿。"顺蕊不得不提高音量,设备室太吵了,她带着爱玛来到一排钩子前面,"我们得把东

23

西挂在这里晾干。"

她们花了几分钟把泳帽和臂章挂在钩子上。设备的噪声让人心烦，爱玛明白了黄老师的办公室为什么离这里有一定距离。没有人可以在这样的环境下工作。

爱玛听见顺蕊说了些什么，可这里太吵了，她不得不请她再说一遍。

"我说，我们应该回去了……"顺蕊说了一半就停下了。噪声越来越大，现在这声音与其说是嗡嗡声，不如说是轰隆声。房间里的金属架开始隆隆作响，就像房间里有一辆火车似的。她们看了看对方，都意识到声音并不是来自设备室。

爱玛感到脚下的地面在摇晃。向下看，地板像鼓面一样无形地震动起来，灰尘在上面跳着舞。

"我觉得我们应该回到上面去。"爱玛说。

"同意！"

她们急忙朝门口走去。

伴随着巨大而低沉的声响和石头裂开的声音，地面开始倾斜，两个女孩都跌倒了。爱玛重重地摔在地上，几乎喘不过气来，脑海中浮现出一个简明的信息：

地震了。

"快点走!"爱玛催促道。她尝试着站起来，但是地在晃动，只能蹲着。她想去帮顺蕊，但地面还在晃动，两个人都摔倒在地。

爱玛努力回忆她读过的关于如何应对地震的知识。见过顺蕊和李强后的那天晚上，她和艾登第一时间去电脑上查了资料。

现在她唯一记得的就是放低重心，站起来的话，就可能因摔倒而受伤。关于这一点，她已经体验过了。

吊灯来回摇晃，影子在房间里跳舞，整栋楼都

设备室

禁止入

地震逃生知识一▶

在地震时尽量放低重心，避免摔倒受伤。

在低吼。

"如果楼塌了怎么办?"爱玛心想。她想起来所有的房子都应该是防震的,可是这一栋很明显摇摇欲坠。

房子塌了可就完蛋了。

"我们得逃出去,马上!"

第 六 章

保护好自己！

女孩们重新站起来，摇摇晃晃地朝出口走去。她们像是在颠簸的甲板上行走，又一次强烈的震动让她们跪摔在地上，太疼了。一块从天花板掉落的瓷砖刚好砸在爱玛的身边，她倒吸一口凉气，躲闪开去。

"保护好自己！"她心想，"这一直是贝尔·格里尔斯的重要指示，我们要保护好自己！"

"这里不安全！"爱玛说，"我们应该躲在桌子底下。"

爱玛和顺蕊向最近的桌子爬去。地面仍在摇晃,桌上叠放着几个盒子,它们正朝着桌子的边缘滑去。顺蕊在前面,爱玛看到有一个盒子就要砸下来了,她赶紧拉住顺蕊的腿。就在这时,盒子擦着顺蕊的鼻子掉了下来,摔在地上。盒子里面发出瓶子破碎的声音。如果不是爱玛,盒子就砸在顺蕊的头上了。顺蕊感激地看了看爱玛。

"谢谢!"

"快,躲进去!"

"好的。啊!"

顺蕊从地上把手抽了回来,她的手不小心压在从盒子里掉出来的碎玻璃上了。顺蕊举起手,看到一道很深的伤口从小指根部延伸到手掌,再到手腕。

她只得将手紧握在胸前,继续用一只手和双膝在桌下爬行。爱玛跟随在后,小心翼翼地避开碎玻璃。

天花板上的瓷砖和灰泥四处散落,砸碎在地板上。哗！一个大家伙砸在桌子上，爱玛和顺蕊随之一颤。

随着地面的摇晃，桌子开始移动。

"抓住桌腿！"顺蕊赶紧说。爱玛和顺蕊一人抓紧一根桌腿，用尽全力维持着桌子在头顶微弱的保护。

又有一些盒子掉下来了。前面、左边、右边都是东西摔碎的声音。爱玛和顺蕊紧紧地抱在一起，试图让怦怦直跳的心平静下来，等待地震结束。

"2008年的地震持续了多久来着？"爱玛扯着嗓子问。如果不大点声的话，顺蕊就听不见她的声音了。

"两分钟！"

"两分钟？"爱玛心想，"可是怎么感觉已经过了几个小时了。"她咬紧牙，抓住桌腿，继续等待。

一个比她和顺蕊的安危更重要的念头蹦了出来。

"爸爸妈妈怎么样了？艾登怎么样了？"

设备室

找一些比较坚固的遮蔽物，躲在下面，避免被摔落的东西砸伤。

第 七 章

好风景

"快到了!"当李强和艾登准备爬最后几级台阶时,李强兴奋地说。

"学校有几层?"艾登气喘吁吁地问,他的腿又酸又痛。

"只有五层……"

楼梯所在的塔楼和学校的主楼分隔开来,艾登的爸爸蒂姆曾说过这和消防安全有关。如果主楼着火,楼梯不会受影响,仍可以安全使用。每个楼层间都有一座大约四米长的天桥,用于连通主楼和塔楼。每座桥都有围墙和天花板，看起来就像是一条小走廊。如果没人告诉你，你是不会知道你正走在天桥上的。

空荡荡的校园给人一种奇怪的感觉。平时整栋楼都充斥着声响，而在周六，艾登很确定，学校里只有他、李强，还有帮他们开门的门卫。李强经常来，门卫早就习惯了，再加上科学课王老师的许可，所以进学校不是问题。

终于爬完楼梯了，眼前只有一扇双开门。男孩子们推门走了出去，来到空旷的室外。

这座通往塔楼顶部天台的桥根本不能算是桥，只能说是带有扶手的斜坡。阳光耀眼，和暖的风吹起他们的头发。朝下面望去，艾登能看见停车场和教学园区里的室外运动场、跑道和体育馆。他知道爱玛正在体育馆里游泳。除此之外，艾登还注意到一条路，它是通往峡谷大桥和远处城市的。整座小城都在阳光下熠熠生辉。

艾登对这里还不熟悉，认不出那些地标性的建筑，但他觉得自己应该能找到家的位置。

"看这边，这是校园气象站。"李强说。

校园气象站是一个白色的板条木箱，被放置在天台另一边的高架子上。木箱上面有一个像小型直升机旋翼的装置，叫风速仪。风速仪的两边各有一个风杯，它们正在微风中旋转。李强把背包放在地上，然后开始打开木箱。这个过程十分烦琐。艾登则利用这个时间四处观察。

天台是平的，地面上有好多根不同的管道。最粗的是一根方形金属管，它至少有艾登的身体这么宽。方形管的一端接在一个金属小屋上，小屋的一面装有金属格栅，格栅后面是一个巨大的风扇；另一端弯曲九十度后插入天台的地面。艾登猜测它们是学校空调系统的一部分。

天台的四周是齐腰高的砖墙，艾登走在边上也觉得很安全。教学园区在城北的最高处，学校又是教学园区内最高的地方，所以在这里能看得很远。他们刚才背对着小城，所以当艾登转过身时，他看到……

"哇！"他深吸一口气。这时，李强终于打开了木箱，他高兴地笑了起来。

"很厉害吧，这是岷山。"

"我见到的山一座比一座大！"艾登说。

群山挤在一起，就像人挤在电梯里。虽然它们不像艾登听说过的其他山那么大，比如喜马拉雅山，但依然很有气势。山陡峭且锋利，山坡被森林覆盖，一直绵延到山顶。远处山峦层叠，一座比一座高，一座比一座大。在遥远的天边，它们像是被积雪覆盖的岩石巨人。

"从这里开始，就一直是上坡，直通西藏！"李强笑了，"我晚点再跟你说，现在……"

艾登明白了李强的意思，很快将注意力转移到了他在做的事情上面。

气象站里面放满了仪器，有测量温度的，有测量气压的，有测量湿度的，还有一些艾登也不知道是做什么用的。每一台仪器上都有一卷慢慢转动的图表纸，仪器会在纸上打印出每分钟的读数。

李强和艾登的工作是把旧的纸拿出来，再换上下周使用的新纸。李强已经把新纸从背包里拿了出来。

"现在我们要用电脑把数据输入进去。"李强说。

"难道电脑不能自动记录这些吗？"艾登一边问，一边摆弄着记录湿度的那卷纸。

"当然可以，但是那样的话，我怎么知道数据代表的意义呢？"李强愉快地说，"还有啊，用这种方法，你会觉得自己真的在做科学研究。"

"Hands on（亲身实践）!"艾登用英语说。这又是李强听不懂的表达，但他觉得比"brilliant"说起来要容易些。

"Hands on[1]。"他把自己的手举起来，仔细检查，"Hands on，Hands on，Hands on。"

艾登边笑边去系好背包。

"你现在知道两个英语表达了……"

话还没说完，一股巨大的推力让他狠狠摔了一跤。他擦伤了手肘，痛极了。

"干什么！"他生气地大叫。真不敢相信，李强竟然推了他。虽然他们是朋友，但这一点也不好玩。

但李强正紧紧抓着气象站，好像他刚才也摔倒了。

他们面面相觑。准备站起身时，两人同时说话了。

"那是什么？"

---

[1] 英语里的"hands on"有亲身实践的意思，李强按字面意思理解为举起双手。——编者注（除特别说明外，本书脚注均为编者注。）

"你感觉到了吗？"

接着，仿佛从天空传来一声响亮的轰鸣，整个天台开始像果冻一样摇晃起来。

第 八 章

断桥

"是地震!"李强马上在艾登旁边躺平,"赶紧躺下!我们没有别的办法了!"

他们都蜷缩成一团,只感到身下的房子在晃动,把他们像罐子里的豆子一样晃来晃去。艾登使劲闭上眼睛,咬紧牙关,努力不去想如果一栋五层楼的房子倒塌了,在天台的人会怎么样。

"顺蕊和李强说地震通常持续多久来着?几秒?"艾登知道已经不止几秒了,这不是普通的地震。他唯一能做的,就是咬着牙,躺在地上,然后

地震逃生知识三

　　如果周围没有可靠的遮蔽物，就尽量躺在地上，蜷缩身体，保持稳定，减少受伤的可能。

祈祷一切平安。

最终，晃动停止了。艾登小心翼翼地站了起来，掸了掸膝盖上的灰尘。突然，有什么东西吸引了他的注意。他停了下来，然后大叫起来。

山上的景象大变。巨大的裂缝出现了，曾经被树木覆盖的高坡，现在变成了悬崖峭壁。因为山体滑坡，树木消失不见了，一团淡淡的云笼罩着山脚下的树叶和尘土。

艾登意识到刚才可能发生了什么，这让他感到一阵恶心。"真希望当时没有人在现场。"他想。如果他们在山脚，半座山将压倒在他们身上。如果他们在山上，当脚下的土地消失，他们会从几百米的高处坠落。不管怎么样，都没有生还的可能。

"李强，"艾登喃喃道，"过来看。"

"不，"李强的声音在发抖，"你过来看。"

李强正盯着天台的一角，艾登随着他的目光看去。

天台一角的护墙不见了，只剩下毫无遮挡的断壁。

艾登吞了吞口水。

"你觉得下面的墙也没了吗？"

"我们应该去看看……"

男孩们不情愿地缓缓走到离他们最近的边缘。他们不想离断壁那么近，但他们可以伸长脖子看看情况。从他们的角度无法确切地知道墙体状态，但是砖块看上去凌乱不堪。这些足以让艾登在脑子里形成想象的画面，画面让他不安。一堵墙应该坚固有力，足以支撑楼房的重量。损坏砖墙的东西，也损坏了这股支撑的力量，墙体比之前脆弱了。要不了多久，任何脆弱的东西都会倒塌。

他们又抬头看了看其他地方。

城市上空布满了灰尘和噪声，泥土到处都是。每一辆车一定都以为有小偷作案，每一栋楼房一定都以为有人要破门而入。除此之外，还有急救车全体出动的声音，因为有的幸存者已经开始拨打求助电话了。

根据艾登目前的观察，还没有东西倒塌。他想起来这座小城应该是防震的。

但他也记得，这并不意味着建筑物不会损毁，它们只是不会马上倒塌。这是为了给人们留有逃生的时间，不久之后，它们就有可能倒塌。

艾登开始更仔细地观察，看到了房屋受损的迹象。很多玻璃已经碎了，闪闪发光的新摩天大楼的墙壁，现在看上去就像长着满口碎牙的嘴巴。在市中心，一栋艾登几乎可以肯定是银行的砖砌高楼上，出现了从地面到屋顶的大裂痕。

学校也是这样吗？如果是的，他可不想再待在天台了，他想回到地面。

"看那个。"李强指着下面说。一条暗沉的裂缝随着匝道延伸。这条路从城里开始，途经峡谷大桥，然后抵达校园里的停车场。他们的目光追随道路，往回去看峡谷大桥和城区的状况。

但是桥不见了。路延伸了几米，就突然没有了，只剩下垂向河边的参差不齐的边缘。没有桥的踪影，它一定是坍塌了。

"那是车辆过河的唯一通道！"李强说，"除非你往下游走。我们怎么回家啊？谁能来接我们啊？"

"有一座人行桥，如果它没有倒的话。"艾登提醒说，想转移李强的注意力，"快，我们下楼去。等一下不知道还会发生什么。等我们下去了，再担心回家的事情吧。"

"现在就走！"李强表示同意，"但是，等等！"他急急忙忙地跑到气象站那儿去拿背包。

"不是吧?!"艾登说，他只想快点下楼。

"王老师会需要的！"李强边说边骄傲地晃了晃背包，"我做这个项目做了近一年，还没有错过一周。现在也不会。"他一边打开背包，一边走向通往楼梯的天桥："我就看看是不是所有的资料都拿好了。"他低头数着："一，二，三……"

艾登斜眼看着他，又好气又好笑。他们刚刚经历了一场地震，正身处一栋随时可能倒塌的建筑物之中。他最关心的竟然是这件事？

艾登朝李强行进的方向抬了抬眼睛。

"小心！"

他一把抓住李强的 T 恤，将他拉了回来。李强跟跄几步，直起身来时才惊恐地看见通往塔楼天台的天桥消失了。那里离他们有几米远，中间空荡荡的，什么也没有。

"我差点就踩过去了！"李强深吸一口气，"谢谢你！"

男孩们向前挪了一点点，小心地注意着脚趾尖和天台边缘的距离。跟峡谷的那座桥一样，连着天台这一头的天桥还剩一小截，楼梯那边也有一截摇摇欲坠。如果往下看，能看到下一层楼的天桥顶上有掉落的这座天桥的残骸。

"这有……三米？加上助跑的话，你觉得我们能跳过去吗？"

李强撇了撇嘴。

"可能吧。但我们得一个一个来，要不然会撞到一起的。你看那儿，剩余的那一截桥看着一点也不牢靠。我们可能会直接把它踩断。"

"那我们得想想其他离开天台的办法了。"艾登环顾四周寻找灵感，"否则我们就被困在这儿了。"

第 九 章

你需要看医生

爱玛不确定地震带来的摇晃和震动是什么时候停止的。像是过了几个世纪，反正肯定不止几秒钟。

世界终于平静了，但她的脑子里仍回响着咆哮声。她和顺蕊蜷缩在桌子下，一动也不敢动。咆哮声中还夹杂着撞击声，砰砰砰不肯消失。

"结束了吗?"顺蕊呻吟着。

"应该是的。"爱玛想起了顺蕊的伤，"你的手怎么样了?"

顺蕊直了直身子，举起手。主灯已经熄灭，但还有泛着绿光的应急灯，足够她们看清了。顺蕊慢慢张开手指。

爱玛皱起眉头。

"你需要看医生。"她说。顺蕊的手掌沾满了血，在诡异的绿光下，血看起来是黑色的。爱玛庆幸她们看不到自然的血色，更多的血正从伤口慢慢渗出。

"那我们走吧……"顺蕊歪起头，"那是什么声音？砰砰砰的。"

"顺蕊！爱玛！能听见吗？"

"是黄老师！"顺蕊喘着气说。

她们从桌子底下爬出来，穿过倒下的设备和从屋顶掉落的瓷砖，朝门口走去。顺蕊把受伤的手贴在胸前。走到门边后，爱玛试图把门拉开。门一动不动，她又用双手试了试。

现在她们可以清晰地听见黄老师在另一边的

喊声。

"黄老师，我们在这儿！"顺蕊把脸贴在木门上大叫。

"两个都在？"

"是的，黄老师，我也在。"爱玛说，"我们打不开门。"

"我也打不开。"她们要把耳朵贴在木门上才能听见黄老师在说什么，"门框已经被压弯了，整个房子的重量让它关得紧紧的。你们那边呢？"

女孩们环视了一下房间。这是一片满目疮痍的景象，绿色的灯光让一切显得更糟了。架子上的东西全都掉了下来，其中很多已经摔碎了。一面墙在滴水，爱玛猜想着是水管爆了。地上散落着破碎的瓷砖和其他东西的残骸。

"所有东西都掉到地上了。"顺蕊报告说，"有什么东西在漏水。灯全都熄了。"

"大楼的供电已经中断。应急灯由电源供电，所以能亮几个小时。你们受伤了吗?"

"顺蕊的伤口很严重，流了很多血。"爱玛回复。

"那你们必须处理伤口。找到远处墙边的药箱柜，打开它。"

女孩子们开始一起穿过房间，在应急灯的阴影下小心翼翼地走着。爱玛倒吸了一口气，她的小腿撞到了倒在地上的椅子。

"啊!"

爱玛疯狂地挥舞双手以保持平衡，顺蕊用没有受伤的手抓住了她。她们很清楚地上都有什么，爱玛可不想像顺蕊那样割伤自己。

"谢谢。"爱玛喘了口气。

黄老师又跟她们说了些什么，但她们离门太远了，听不清。

"你去门边吧。"爱玛说，"如果他有什么指示，你可以告诉我。"

爱玛慢慢走到墙边，她看见了固定在墙上的药箱柜。这是一个方形盒子，高度跟她的个头差不多，离漏水的地方几米远。药箱柜的门是玻璃做的。

柜门全都锁上了，爱玛不抱希望地拉了拉门把手。

"是锁着的。"她大声说，"问问他知不知道钥匙在哪里。"

顺蕊去问了，爱玛则认真打量起漏水的地方。"到底来自哪里呢？"她看不到管道。水直接从墙里渗出，发出悦耳的流水声。

"黄老师不知道。"顺蕊从房间的另一边叫道，"他说你得打碎它，小心别弄坏了里面的东西。也别伤着自己。"

"我会小心的。"爱玛保证。她四处搜寻可以使用的工具。"或许应该用椅子？"她心想，"还是不要了。椅子可能会穿过玻璃门，弄坏柜子里面的东西。"

找到了！旁边的桌子上有一份报纸。她拿起报纸一角，抖掉上面的碎片，然后把报纸卷起来。

"你在干吗？"顺蕊好奇地问。

"爸爸在一次聚会上给我们表演过这个戏法。他打赌一份报纸承受不了我们的重量，但其实它可以！"

爱玛把报纸卷成一个圆筒。

"但这只是纸啊！"顺蕊不理解，"很软！"

"一方面是这样没错，但是另一方面，纸其实很结实。你知道纸可以把人割伤吗？因为锋利的边缘碰到你的皮肤时，不会折起来。所以如果你把很多纸放在一起，像这样……"

爱玛用报纸做了一个"小棒槌"。她先在手里试着击打了几次，然后仔细瞄准，挥向玻璃门。爱玛退后儿步，玻璃破了，碎片掉落在地。

"得小心这些碎片。"爱玛心想。

"问问黄老师我需要拿什么。"她大喊道。

"他说找一个盖子是黑色的白色塑料罐。还有一些绷带、创可贴和一瓶消毒水。"

"拿到了!"

爱玛小心地把这些东西从柜子里拿出来,确保手不会被门上残留的玻璃割伤。然后她回到了顺蕊那儿,把顺蕊的手托在胸前。

"你做好接受急救的准备了吗?"爱玛谨慎地问。

"你做好做急救的准备了吗?"顺蕊回答,面带勇敢的微笑。

女孩们焦急地等待黄老师的指示。

小贴士

找不到棍棒一类的东西时,可以试试用纸卷成纸筒代替。

第 十 章

小水流

"倒一半的消毒水在顺蕊的伤口上。"黄老师隔着门发出指示,"要确保伤口里没有玻璃和脏东西。"

顺蕊伸着手,爱玛按照要求完成指示。顺蕊疼得咬住了嘴唇,但这也是她唯一的反应了。

"现在在伤口上洒一些高锰酸钾来消毒。"

爱玛把黑色的晶体洒在朋友的手上。这次顺蕊发出了"咝咝"的声音,猛地吸气。

"疼吗?"爱玛问。

"有一种被蚂蚁啃食的感觉。"顺蕊咬牙说，但她没有把手缩回去。

"别管它，先把罐子放回柜子。然后用消毒水把高锰酸钾冲干净，再用绷带把手包住。"

"好了。"几分钟过后，爱玛说，"这些可以让你坚持到见真正的医生了！"

顺蕊看着自己的手，露出了笑容。她的手被爱玛用绷带包了起来，并用创可贴固定了绷带，现在只有大拇指还能活动。

"弄好了，黄老师！"她叫道。

"做得很好。跟我说一下漏水的情况，是哪条管道？"

"黄老师，不是管道。"爱玛报告说，"水是从墙里渗出来的。"

一阵长时间的沉默。

"你确定？不是天花板上的管道？"

"我很确定，黄老师。"

"再去检查一下。"

他的语调给人不祥的预感，哪怕隔着门也听得出来。爱玛又去远处的墙边看了看。

她不知道黄老师到底在担心什么。漏水的地方还是看不到管道，地下室所有其他的管道都在天花板上，一目了然。难道墙里面也有一根？

哗啦啦。

刚走近，一块墙的碎片就掉了下来，掉在地上的水坑里。原本汩汩的水流突然变大，就像有人把水龙头调大了。水不再顺着墙流下来，而是喷射到几英尺①远的地方。

"如果不是管道，是什么呢？"爱玛能想到的附近的水源只有一个。

"不是吧?!"

她突然有了一个非常可怕的猜测，千万不要是

---

① 英尺：英制中的长度单位。1 英尺合 0.3048 米。

真的啊。

爱玛走到墙边，仔细研究了裂缝和喷射出来的水。她咬紧牙，把手指伸进裂缝里，能感觉到粗糙的砖石和清凉的水流，但没有像金属管道的东西。

那个可怕的猜测越来越可能是真的了。

她闭上眼睛，试着回忆从体育场的一楼到地下室的路线。她们抱着装有游泳帽和臂章的箱子，黄老师带她们离开了游泳池。他们左转进入一条侧道，然后右转进入楼梯间。这时在他们面前的是两段楼梯。先下一段，经过一个平台，再下一段。这时，爱玛意识到，他们行走的方向越来越靠近游泳池的下方。

"我的天哪！"

爱玛从墙边跳开，就好像她的存在会让墙倒塌似的。顺蕊不安地看着她。

"怎么了，爱玛？"

"我觉得这不是水管。"爱玛深吸一口气。

"那是什么？"

"我认为是游泳池。它正在淹没地下室！"

顺蕊惊恐地盯着墙。

"那应该有几十吨水……"

又一道裂缝出现了，又一块墙的碎片掉落，喷水的强度增加了一倍。

爱玛不费力气就能想象出漏水进一步扩大的后果。只需几分钟，整个房间就会被水填满，爱玛和顺蕊都会被淹死。

第 十 一 章

余震

恐惧在艾登心里滋长，他努力以深呼吸的方式将其击退。

"我们得好好想一想。"艾登郑重其事地说，"贝尔·格里尔斯就会这么做。"

"首先，我们需要一些水。"李强说，他坐下打开背包，从里面拿出一瓶水，"我觉得很热，贝尔说人很容易脱水。"

"好主意。"艾登在他旁边坐下。李强喝了一大口，然后把水递给艾登。艾登发现他也渴了。这是一个艳阳天，热气从天台的平地上散发出来。地上铺了看起来像是很粗糙、很厚的纸。阳光的照射让它闻起来像焦油。

艾登喝完水之后说："贝尔·格里尔斯会说，如果获救前待在同一个地方是安全的，那我们就应该保持不动。所以，第一个问题：我们待在这里安全吗？这栋楼会倒吗？你之前说过余震的事。它什么时候会发生？"

李强一边思考一边把水瓶放回到背包里。

"2008 年的时候，地震后的头七十二小时里，有大概一百次余震。"

"那肯定很快就来了！"艾登若有所思地按压着手指。这是他从爸爸那里学来的习惯，对此妈妈表示非常恼火。"如果我们能找到另一条下去的路……"

"我们现在坐在什么上面？"李强问。他们对视一下，同时跳了起来。

如果能确定自己目前所在的地方安全，最好的获救方法就是原地不动，等待救援。

判断方法：所在建筑物是否足够牢固，余震可能会在多长时间以后发生。

他们刚才坐的地方是一根横穿天台的空调通风钢管。李强快步走到管道弯曲九十度插入地面的地方。

"从这里可以下去！"他说，"它一定连接着每层楼。如果我们能进到里面，就可以滑下去了！"

"不是滑。"艾登说，"是掉下去。我们得非常小心。"他蹲下来仔细研究管道钻入地面的部分："里面应该没有可以扶的地方。你觉得有多高？"

李强闭上了眼睛，试着回忆大楼其他地方的通风管是怎么安装的。

"楼下的管道应该在天花板上。离这里不会太远，可能两三米。"

"可以……"艾登心想。他说："我知道怎么下去，我可以教你一个攀岩时用的技巧。现在的主要问题是管道够不够宽？"

李强在管道没有弯曲的地方躺下，把手和脚都向外伸出来。管道大概有一米宽。

"够宽，如果我们一个跟在一个后面的话。"

"看看我们能不能进去吧。对，在这里，看!"李强高兴地说。他跑到管道的另一边，那里连着一个带有空调风扇的笼子。平时看不见里面的叶片，风扇转得很快，将冷风推入大楼里。停电以后风扇已经停了。就在风扇的前面，管道的上方，有一个方形的金属门，四个角上都用又大又粗的螺丝钉住了，每个螺丝上有一个槽口。

男孩们试图用手指拧开螺丝，但实在太紧了，金属又太滑，抓不住。

"你身上不会带着一把巨大的螺丝刀吧?"艾登问。

李强露出大大的笑容。他在背包里骄傲地翻出一根半米长的金属尺，像剑一样在空中挥舞。

"还好我昨天忘了收拾背包!"

他把尺子的边缘卡在一个螺丝的槽口里，再用双手紧紧抓住。

尺子一扭，直接从槽口里滑了出来。

"好吧。"李强说，"我来拧，你把它压住。"

"好的。"

这下变成了两人行动。艾登双手并拢，压在尺子上，李强转动尺子。

"我认为……可行！"李强胜利地大叫。尺子动了一点，说明螺丝也动了。

螺丝松动后，很快就可以取出来了。他们又用同样的方法把另外三个螺丝拧下来，然后用尺子把门撬开。

艾登和李强一起把头伸进洞里，使劲朝管道里面看。管道里面散发着金属和灰尘的味道，漆黑一片。他们甚至看不到尽头，也就是管道朝下弯曲的那个位置。

"我们得想办法看看里面有什么。"李强说，"贝尔·格里尔斯不会在漆黑的情况下进去，我也不会！"

"我猜你包里没有手电筒吧？"

"不幸的是，没有。"李强四处张望以寻找灵感，他的眼睛亮了起来，"但是，你知道我们四周都是可以燃烧的东西吗？

小贴士

如果天气炎热，一定要及时补充水分。

小贴士

不要贸然进入漆黑、陌生的地方。

第 十 二 章

就像原始洞穴

"可以燃烧的东西？"艾登问，他慢慢转了一圈，屋顶的每个地方都看了，"哪里？"

李强在围墙旁蹲下。闻起来像焦油的东西铺满了整个天台，但到这里就没了。

"这是油毛毡。"李强说，"就是类似下雨时为天台防雨的纸。"

油毛毡一定是用什么方法粘住的，李强尝试把手指从边缘伸进去，但是毛毡一动不动。然后他用尺子的一端尝试，把它塞进毛毡和天台的地板之间，刚好可以撬起一小片。现在他可以把手伸进去，继续掀开毛毡了。艾登没法帮忙，因为没有足够的空间让两个人伸手进去。大概一分钟后，李强撬起的毛毡就已经足以让他把两只手放进去一起拉了。一条毛毡被扯了出来，李强骄傲地拎着它在艾登鼻子前晃了晃。

"为了防水，它曾被浸在焦油和沥青里。它是可燃的！"

"真的吗？"艾登惊讶地说，"那为什么每次闪电的时候，这里不会着火呢？"

"因为这里有避雷针。"李强用手指着电梯棚顶上的金属棒说，"再说了，有闪电的时候一般也在下雨。能帮我拿着尺子吗？"

艾登拿着尺子，李强用油毛毡把尺子的一端缠住。最后，他从书包里拿出一盒火柴，点燃一根，放在毛毡上。

两个男孩都屏住呼吸，等待什么事情的发生。

火柴上的火焰蔓延到毛毡的边缘，然后熄灭了。

但是毛毡上方的空气开始闪烁，然后橙色的火舌出现了。又黑又浓的烟开始往上飘，钻进李强和艾登的鼻子，闻起来像是修柏油路的气味。但慢慢地，毛毡被火焰吞噬了。

"我不知道这能持续多久。"李强说，"我们现在要行动了。"

他们很快回到了通风管那里。

"你有火把，"艾登说，"你先走。"

"是的，但是你说你知道怎么跳下去。你先走。"

"我没法拿着火把往下跳。"

"所以你先走，我拿火把跟着。光线应该是足够的。"

"成交！"

艾登手脚并用地爬到了管道的顶端，然后慢慢往里钻。

他发现最简单的方法是坐着进去，双脚对着风

　　天台可能会有防雨的毛毡，它们是非常好的引燃物，可以在光线不佳的地方做临时光源。

扇。进去以后，再从躺着的姿势转成趴着的姿势，这样就可以蠕动前进，给李强腾出地方了。

他一直把手伸在前面，每次换手用力的时候，都要十分小心地去感知前方，以防悬空的位置比想象中来得更早。如果向前爬的时候没有注意，就有可能头朝下掉下去，摔伤自己。贝尔·格里尔斯肯定会说，不要轻易尝试任何本可以规避的风险。

在他身后，艾登听见李强爬进来的声音。管道里散发着金属的味道，火把又带来了道路施工的味道。

"我准备好了。"李强在他身后说，声音里带着金属的回响。

道路施工的味道非常强烈，新的担忧爬上艾登的心头。

"那东西燃烧氧气。我们不会窒息而死吧？"

"只要我们继续向前，不停在一个地方，就不会的。管道里有足够的氧气。"

"那快走吧！"

艾登侧到一边，好让火把的光从他身边照过去。光照亮了几米远的地方，艾登能看到正方形的黑洞，也就是管道九十度弯曲，变为垂直管道的地方，现在他们就好似在探索原始洞穴。

"好吧，我们走吧。"

他们在管道里排成纵列向前爬。艾登在前面带路，李强推着背包在后面跟着。他一只手拿着火把，只用单手和双腿爬行。

艾登的头蹭到了金属顶，膝盖也因为在牛仔裤里的摩擦而感到疼痛。但他很快就到达了垂直的管道。

这时他发现自己犯了一个错误，他应该脚朝前爬行的。

"好吧，"艾登咕哝道，"小心，我要掉头了……"

一米宽的管道足够一个中等身材的男孩子强行转过身来，不过头、脸和脚都得在管道的边缘摩擦。李强在安全距离之外看着他。

艾登脚朝前挪到了悬空的位置。

"攀登者就是这样在石头做的烟囱里爬上爬下的。"他说，"到了边缘后，你先坐着，然后伸直脚，直到能踩到管道的另一边。

"好的……"

"然后，一只脚踩实，另一只脚往下移。"慢慢地，他的右脚在金属壁上向下移动了几十厘米，然后再踩实，"这一边，你用手撑着，屁股往下。然后两只脚都踩紧，你就又稳当了。"

"你低了一点。"李强观察说。

"接着就再重复一次，另外一只脚先下去。诀窍就是永远都要有只脚踩紧，千万别两只脚都放松，那你就掉下去了。"

就这样，艾登慢慢顺着管道往下挪。

突然，他脚下的金属壁消失了，变成了空气。

"哦！"

突如其来的变化让艾登松了一口气。嗖的一下，他从金属管道里掉了下去。

第 十 三 章

离地面近了三米

艾登重重摔在金属板上，他的喊声和金属撞击的声音在管道里回荡。他躺在地上皱了皱眉头，掉落的距离不过一米多。

"你还好吗？"李强焦急地问。艾登抬头看见火把的光和朋友的头的影子。

"我还好。"他无奈地笑笑，"地面接住了我。"

他觉得自己有点傻，身上还有点痛。管道成 L 形，弯曲九十度后变成水平的了。这就是为什么金属壁会消失。他本可以做好准备的。

"把火把扔下来。"艾登说,"然后就像我刚才那样下来,除了摔跤的那部分……"

他朝前挪了一段,以防李强摔在他身上。艾登举起火把为李强照明,探着头观察李强的进度。

李强的动作没有艾登熟练,也缺乏信心。他得全神贯注地思考每一个动作——左腿,右腿,左手,右手。这让他的速度更慢了。看着李强一点一点地挪,艾登很想说点什么,但还是忍住了。他很早以前就发现,当你正用自己的节奏做一件事的时候,别人的意见并没有什么帮助。

不过,艾登心想,他的朋友虽然慢,但是很稳。

"马上到啦。"当李强离地面足够近的时候,艾登说,"把一只脚放下来,应该能够着地面。"

很快,李强就以蹲着的姿势出现在艾登的身边,他顺利到达管道底部。两个朋友在摇曳的火光中相视而笑。

"好吧,大楼有五层楼高,现在我们离地面近了三米。"艾登说。

"每一点都有帮助。"李强笑着表示同意。

艾登扭动身体，让自己面向这根水平的管道。手中的火把闪烁着橙色的光，将金属管道照亮。在前方，他能看见日光了。

"我想我们有出路了！"

他们一前一后向前爬。艾登在李强前面几米，很快就来到了光源处。在这条两米长的管道尽头，日光透过金属格栅照射进来。

"这是其中一个选择。"艾登说。

"那我们为什么不选呢？"李强问。艾登又向前爬了一点，腾出位置让李强来看看。"哦，我知道了！"李强也看到了问题所在。

旁边的另一条管道只有他们所在的这条的一半宽。

同时，艾登看到了另一个可能的选择。

"或者，"他说，"这里有另一个垂直下降的地方……"

艾登小心地爬到边缘朝下看。然后，轮到他说"哦"了。

随着最后的油毛毡被烧尽，火光也即将熄灭。但是这已足够让他们知道，有一根管道垂直向下，一直延伸到目光所及之外的地方。四个间隔均等的正方形光点在黑暗中形成一条直线。艾登记得学校有五层楼高，这些是下面四层楼的侧边管道。

"它直通地面。"就在火光熄灭之际，艾登说。现在管道里的唯一光源来自他身后的侧边管道。

"我们能一直爬到地面吗？"李强问。

"我们必须得像刚才那么做。"艾登回答，"而且我们得在几乎全黑的情况下爬。"

李强听着，顿了一下。

"如果我们打滑……"

艾登皱起眉头。李强成功从第一条管道里爬了下来，没有摔下来，他想说的应该是："如果你打滑了……"

"那我们就会一直掉到最底下。"艾登表示同意,"不过,我觉得我们还是应该试试,好离开这里。"

"好吧。我离得近,我先走。我把背包留给你,你就在这儿等着。"

"我哪里也不会去的!"艾登开玩笑说。

在艾登身后,他听到李强弯曲身体进入侧边管道的碰撞和摩擦声。他正把身子弯到九十度,尝试进入侧边管道。艾登稍稍扭头,看见他的朋友正消失在洞里。李强完全挡住了侧边管道的光。

"这里要……要窄得多。"李强喘着气。在封闭的空间里,他的声音更有金属感了。

李强继续往下爬,发出砰砰砰的声音。艾登等待着,直到看不到李强的双脚,这说明他的朋友已经完全离开主管道了。艾登向后挪动,直到脸和李强的鞋底平行。李强并没有离开多远。

"怎么样了?"艾登问。

"很窄!"李强的声音很小,周围一片漆黑,他的声音提高了,"艾登!我动不了了!我卡住了!"

他听上去很害怕。艾登闭上眼睛,恐惧如海浪般袭来。如果李强卡住了,那就没有安全离开通风管的方法了,大楼有可能在他们被困时倒塌。

第十四章

部队绝招

"水越来越深了……"顺蕊说。女孩们坐在桌子上，水在桌腿边打转。

爱玛从桌子边往下看，估计水有半米深。对于一个四周的墙至少有十米长的房间来说，这不算多。再加上旁边还有房间，水可以流过去。

但是比起刚才，水已经深了几十厘米了。水流进来的速度有多快？会流得更快吗？如果裂缝变大，或者墙完全倒塌，那可有几十吨的水等着涌进来。如果这样的话，一秒钟内房间就会被灌满，一定是这样。

黄老师正在联系应急部门，他告诉女孩们，要尽量离水远一点。顺蕊和爱玛四处寻找可以堵住裂缝的东西，但毫无所获，只能坐在桌子上紧张地等待着。

突然传来重重的敲门声，一个低沉的声音喊道："孩子们，你们还在吗？"

爱玛和顺蕊蹚着水来到门边。

"我们在，黄老师。"顺蕊答道。

"我打给了应急部门。出人意料的是，电话还能接通。"然后是一阵沉默，"不幸的是，大桥塌了，他们没法过来。"

地震爆发后，爱玛又一次想起了艾登。

"学校还好吗？"她叫道，"我弟弟今天在那儿。"

"他们没提学校。关键是我得把你们弄出来。"又是一阵沉默。顺蕊和爱玛惊讶地看着对方，听上去黄老师不知道该说些什么了，他平时不会像这样失语。

最终，黄老师说："我要教你们一些我在部队里学到的东西。这非常危险，你们必须完全按照我说的去做。还有，之后绝对不可以自己尝试。明白了吗？"

"明白了，黄老师。"她们睁大眼睛、竖起耳朵齐声说。

黄老师给出指令，她们开始执行任务。

爱玛要进入侧边其中一个房间，那里看上去更像是一个小壁橱。里面的大部分空间，被一个插着管道和电缆的大型汽车发动机占据。这显然是体育馆的应急发电机，它由柴油驱动，在其他的电源中断的时候提供电力。

备用的柴油放在门边的架子上，装在一个十升的绿色金属油罐里。油罐是满的，很重。爱玛必须用两只手才能把它抬到大房间里，再咚的一声放下。地上的积水已经很深了，掩盖了金属罐撞击水泥地面的声音。

"爱玛，能来帮我一下吗？"顺蕊在另外一个侧边的房间里叫道。房间里排列着管道和仪表盘，以及一排气缸，它们连接着管道和阀门。气缸的颜色各不相同，还用爱玛读不懂的符号做了标记。爱玛记得黄老师说过的话，她不想知道符号的意思。

她只知道，这项行动可能非常危险。

第 十 五 章

燃烧的绷带

顺蕊按照指示把一个气缸从墙上卸了下来。气缸又大又重，两人合力才抬进了大房间，然后将它放在了靠墙的位置。

门那边又传来更多的指令。顺蕊找到一张小桌子，在水里把它拖到了门边，用长边顶着门，就好像要把房间堵住，不让任何人进来。这个时候，爱玛找到了一个装满文件的长形塑料托盘。她先把文件倒出来，再把托盘放在桌子上，然后两个女孩子一起使出全身的力气，将气缸放进托盘。

爱玛拧开了柴油罐的喷嘴。这回还是需要两人合作，一起抬起柴油罐，把托盘灌到半满。空气中弥漫着浓浓的烟雾，让爱玛和顺蕊止不住地流眼泪。她们得把罐子重新拧紧，然后由爱玛放回原处。

与此同时，顺蕊从医药箱里找到一段绷带，然后把绷带浸在柴油里。

这时，水已经淹没了她们的小腿。爱玛感到时间紧迫，但她不能着急。完成黄老师的指示只有一次机会，她们无法重来。

顺蕊和爱玛蹚着水来到角落的一个带轮子的垃圾箱前，它又大又重。她们把垃圾箱推到门边，紧挨着桌子。一路上，垃圾箱如船只驶过水面，激起层层水波。四个轮子上都有刹车的装置，让轮子不再向前滑。爱玛把刹车踩下来，将垃圾箱锁紧。

她们大声向黄老师报告进展，然后得到了最后的指示。她们看着对方，顺蕊咬了咬嘴唇。这是最重要的部分，如果她们没有百分百做对，那后果不堪设想。她们知道黄老师并不希望这么做，但他别无选择，这是拯救她们生命的唯一办法。

顺蕊从托盘里拿起滴着柴油的绷带，把它放在垃圾箱上，一端浸在燃料里，一端挂在外面。爱玛找到了地下室的灭火器，黄老师则让顺蕊去桌子的抽屉里找火柴。

女孩子们互相看了看对方。爱玛点点头，然后退到其中一间侧边的房间，又探出头来，看顺蕊如何完成黄老师的指示。

顺蕊划了一根火柴，小心翼翼地点着了挂在外面的那一端绷带。

小贴士

许多化学物品是可燃的，或对人体有害的，在不了解它们的情况下，应该尽量与它们保持距离。在极端情况下，一定要完全服从专家的指令，谨慎使用它们。并在转危为安以后，尽快忘掉这些危险的操作。

第 十 六 章

另一条出路

橙色的火焰顺着绷带蹿升，越过垃圾箱的顶部，掉入另一侧装有半盘燃料的托盘。呼的一声，柴油点燃了。

火一点着，顺蕊马上丢下火柴往回跑。她跑到爱玛身边，紧紧关上门。两个女孩捂紧耳朵看着对方，眼睛睁得大大的，心怦怦直跳。黄老师郑重地告诉过她们，待在避难所里，不要看外面。"但还是好想看。"爱玛心想。她想知道现在正发生着什么，但是她只能靠想象了。地下室的空气里弥漫着浓浓的柴油烟雾，整个托盘都点着了，火焰在垃圾箱上方跳舞，燎着气缸的金属表面。气缸逐渐变热，当里面的易燃物质受压……

轰！

一道橙色的光照亮了地下室，声音大得就像有人一巴掌打在了她们的耳膜上。女孩们紧紧握着手，直到耳朵里的嗡嗡声消失才松开，朝门外看去。

气缸爆炸了。熊熊烈火燃烧着门口的墙和天花板，门被炸开了，垃圾箱的重量让爆炸没有蔓延到房间里。

按照黄老师的指示，爱玛已经准备好了灭火器。她一边蹚水走向火边，一边拉开灭火器把手上的拉环。当她离火足够近，可以感受到热气，但又不至于烧伤自己时，爱玛将黑色的喷头对准火焰的底部。她按压把手，白色的烟雾滚滚而出。

在另一边，黄老师也在做同样的事情。爆炸发生时，他在办公室里避难，以躲避走廊里被爆炸点燃的材料。现在，黄老师折回来和爱玛一起用二氧化碳灭火，直到火完全熄灭。

过了很久，黄老师终于可以安全地从门剩余的残骸中探出头来了。

"干得好！现在过来吧！"

桌子的金属框已经被炸得不成形了。女孩们跨过变形的残骸，来到外面的走廊。水从她们身边流过，顺着走廊流入地下的管道。

"应急部门告诉我，学校下面有一条下水道。"黄老师解释说，"它把从山里流下的洪水引入河中。当这堵墙坍塌时，最好的结果就是让水流入下水道而不是别的地方。但是，我们还是得快点走。墙塌的时候，我们可不能在这儿。"

他们沿着走廊急步朝楼梯那边走去，推开双开门，来到楼梯间。

眼前所见让他们停下了脚步。

"不是吧！"顺蕊深吸了一口气。

水泥楼梯已经倒塌，变成了一堆碎块。体育馆的门在他们上方六米的地方，通往那里的，现在只有一堵垂直向上的墙。

"有别的方法可以上去吗？"顺蕊问。黄老师面色凝重地摇摇头。

"我们得找到帮我们爬上去的东西。"他说。

"或者，"爱玛不想做提出这个方案的人，但他们两个好像都没有想到，"可能没有别的方法上去，但有别的方法出去。"

她指了指走廊后面地板上的洞，游泳池的水正在往那个洞里流。

小贴士

灭火器要对准火焰根部喷射。

第 十 七 章

试着正常呼吸

"李强，别慌张。"艾登大声叫道。他的声音在金属管道里回响，听上去很沉闷。艾登觉得自己就像一个糟糕的演员，说着一些言不由衷的话。

别慌张？呵，他自己也紧张得半死。被困在随时可能倒塌的大楼的金属管道里，唯一逃生的路还被朋友堵住了。

但是，艾登对自己说，如果两个人都慌了，那谁都别想出去。

"试着轻轻呼吸。"他敦促道，既是对李强说，也是对自己说，"管道太窄，呼吸太过用力就会被卡住。试着正常呼吸，这样才会有更多空间。"

李强很久都没有回答，以至于艾登都不确定他是否听到了。"没有动静，他不会晕过去了吧？"一想到这里，艾登自己也忍不住开始喘气，自己刚才可不是这么建议的。他有意识地再一次放慢呼吸。吸气，一二三，呼气，一二三。

李强的脚突然动了，顺着管道往下滑了几厘米。然后又滑了几厘米。

"你说得没错！这样就容易了。等等。"在狭窄的管道里滑了大概二十厘米，李强停住了，"我的胳膊伸在前面，拿不了后面的东西。你可以从背包里把金属尺拿给我吗？"

艾登把背包拉过来，在里面摸尺子。

"你要尺子做什么？"他一边问着，一边把尺子递给李强。尺子要先越过李强的双腿，再从腰和墙壁之间的缝隙塞过去。之后尺子在哪里，艾登就看不到了。

"格栅是用螺丝固定的，所以……哈哈哈!"李强突然咯咯咯笑了起来，"我要用尺子把它拧开。哈哈哈!"

"什么?"艾登问，他完全搞不懂有什么让李强觉得这么好笑。

"尺子进到我的 T 恤里了。好痒!"李强的脚咚咚咚地踩在金属板上，"哈哈哈哈!"

尽管笑声不断，艾登还是感觉到李强抓住了尺子的一端，然后把尺子拿了过去。之后的一段时间里，他只听见金属和金属之间摩擦的声音。然后哐啷一声，格栅被李强推开，掉到了地上。他的脚突然迅速滑落下去，阳光洒进黑暗。艾登的眼睛被光亮刺痛，他已经习惯了管道里的微光。

"格栅在走廊的墙壁的顶部。"李强报告说，"头先出去的话，离地太远。所以……"

第十八章

可怕的裂缝

走廊天花板的玻璃纤维砖铺在金属架上。李强抓住架子，把半个身子从管道里拉了出来。然后他就可以摆动双腿，跳到地上。最后的这段距离很短。他踮着脚，朝管道里的艾登咧嘴一笑。

"到你了！把胳膊放在前面。如果你侧着躺、弯着腰，转弯的时候会容易些……"

艾登先把李强的背包扔到前面，自己再向前爬。他按照李强建议的那样去做，也不忘自己关于呼吸的建议。没过多久，他也把自己拉出了管道，然后顺利在李强旁边落地。两个男孩看着对方笑了起来。他们都蓬头垢面，脸上和衣服上全是黑乎乎的污渍。

"现在，"艾登说，"我们走楼梯！"他四处看了看，发现学校的这层楼和其他楼层没什么两样。他们站在一个方形走廊里，走廊的两边布满了窗户。一边的窗户望向城市，另一边的窗户对着空教室。灯也是熄灭的，艾登猜电力已经因为地震中断了。不过没关系，日光很充足。"嗯，往哪边走？"

"这边。"李强信心满满地领着路来到拐角处，艾登看到了熟悉的通往楼梯塔楼的双开防火门。

他们拉开门，又停下了。

"嗯，"李强说，"要去吗？"

和其他楼层一样，这里有一条通往楼梯塔楼的短短的走廊。艾登和李强知道，这其实是一座带有围墙和天花板的短桥。但是通常情况下，仅凭眼睛是不能看出门的另一侧只有稀薄空气的。

走廊的地板上有一道可怕的之字形裂缝，从一端一直延伸到另一端。中间的一块地板已经掉落，阳光从空隙里透过来。

它看起来无法承受两个男孩的重量。

"你觉得如果我们很快地跑过去，可行吗？"李强想了一会儿问。

艾登紧张地吞了吞口水。

"或许可以。但是目前看来，原地不动比去那边要安全。"

"这栋楼随时可能倒塌！"

"是的，但是这边的地板上没有一道超级无敌巨大的裂缝，而那边有。"

他们都又思考起来，然后没有头绪地看着对方。

"我实在不想再进去管道里了。"李强说。

"我也不想。好吧，我们再四处看看，看能不能想到什么点子……"

他们分头行动，艾登很快找到了需要的东西。

"快看！"他叫道，"这个可以！"

李强赶紧跑了过来，艾登正在消防水带旁边等着。这种水带每层楼都有一卷，一头通过阀门连接高压水管，另一头连着水龙头。打开水龙头，就可以喷水了。

李强充满怀疑地看着这个东西。

"不是吧，你觉得我们可以用这个爬到地面？"

艾登笑了。

"不是。"他耐心地说，然后说出了他的想法。

第 十 九 章

单套结

艾登和李强一起拖着水带，绕过大楼的两侧，回到通往楼梯的地方。

"我们需要把它绑在牢固的东西上面……"艾登自言自语道。

他们开始四处寻找灵感。他们所在的走廊里有很多教室门，但没有合适的柱子或金属横梁可以使用。艾登实验性地使劲拉了一下门把手。

"这个看着挺结实的，但能承受我们其中一人的重量吗？"

李强突然想到了什么。

"我知道了！"

李强带艾登走进最近的教室，再一起把一张桌子推到门口。他们把桌子的长边靠门，这样两边的门框就可以顶住桌子，不让它往前挪动了。

"我们把水带的一端绑在这里。"李强用指节敲敲桌子说。

"好主意！"艾登高兴地说，桌子看上去比门把手牢固得多，"你觉得我们需要多长的水带？"

李强用眼睛量了量从桌子到防火门的距离，然后是防火门后桥到楼梯的距离。

"可能十米？"他说，他们一起用金属尺量出了十米的水带，"好了，我们要在水带的末端打一个圈。我见过贝尔·格里尔斯打过一种像蝴蝶结的绳结。"李强在空中比画出绳结的形状。

"嗯，应该可以。我记得这叫 bowline（单套结）。""单套结"这个词艾登是用英语说的，因为他不知道用中文该怎么说。

水带又厚又重，他们两人必须合力才能打圈。艾登拿起水带的一端，弯成一个小圈，留出一部分，然后李强将这部分穿到圈里，绕过圈上方的水带，再重新穿过圆圈。接着，李强拉紧活动的一端，艾登拉紧长的一端，绳结就打紧了。一个直径三十厘米的绳圈就做好了，刚好能让一个男孩子穿过头和肩膀，夹在胳肢窝下面。

艾登拿起绳圈。

"那么，"他说，"谁先走？"

他们决定抛硬币。抛硬币的结果是李强先走。他把绳圈套过头和肩膀，很合适。这至少让人安心一点。如果桥塌了，他们还得靠这个绳圈救命，谁也不想从绳圈里滑出去。

李强站在桥边。艾登拿着水带围着桌子绕了一个圈，然后抓住活动的一端，拉紧，刚好让李强感受到轻轻向后拽的力。接着，艾登双手紧抓水带，一只脚靠着桌面，做好准备。

男孩们互相点了点头。李强深吸一口气，开始过桥，艾登则负责放水带。

小贴士

单套结打结方法示意图

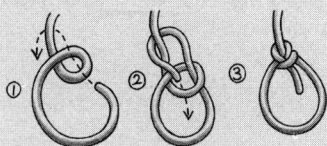

① ② ③

第 二 十 章

充满信心、目标明确

水带粗糙的表面和桌面互相摩擦，发出嚓嚓嚓的声音。"很好，"艾登心想，"摩擦力很大。"如果桌子突然要承受李强的重量，这会有所帮助。

李强小心翼翼地过桥，紧贴围墙，尽量远离裂缝。

"已经走了四分之一了！"他叫道，艾登在教室门边不太能看清他的行动。

"一半了……"

"四分之三……哇！"

艾登更加用力地抓住水带。他听见水泥地板裂开的声音，然后是掉落的水泥摔碎的声音，但并没有感觉到水带上有更多的重量。

"怎么了？你还好吗?"他大声问。

"地板又塌了一点，但还在。我已经走到另一边了，你可以松手了。"

艾登赶忙来到桥的入口。李强在另一边靠近楼梯的地方，他看起来很疲惫，但也放松下来。桥中央的洞确实变大了。

"我必须绕过它。"艾登决定。

他回到桌子那里，围着桌子打了一个双套结。这回有点笨拙，因为只有他一个人了。结是这么打的：围着桌子先绕一个圈，再绕第二个圈，这一次在教室里把活动的一端从第一个圈的下面穿过。最后，两端拉紧。

艾登使出全部力气拉了拉自己这一端的水带。桌子被门框死死顶住，一动不动，双套结依旧牢固。

轮到李强了。他身后是通往天台的楼梯，他把水带绕在金属栏杆上，拉到最紧，使其在桥面上方一米处保持紧绷、水平，然后李强又打了一个双套结。

艾登深吸一口气，鼓起脸颊，平躺在桥上。

他想挂在水带下方滑过去，水带立刻下坠了一些，他只能靠双手紧紧圈住水带，固定住自己。他的后背几乎碰到了地板，最重要的是，如果地板突然塌陷，水带还能拉住他。

艾登像只倒吊的毛毛虫那样攀过了桥。伸手臂，抬腿，重复。贝尔·格里尔斯总说，你应该充满信心、目标明确地行动，而不应该在原地徘徊，心存疑虑地做事。

突然，地面不再擦着他的背了。他意识到他正在通过裂缝，现在他身下只有空气，噢，还有四楼的桥顶。不知道它的情况如何呢？

艾登努力不去想现在身下空无一物。

然后李强的笑脸出现了。

"你成功了!"李强高兴地说,艾登双腿一甩,踩在了地面上。他们两个都安全到达楼梯塔楼了。

"现在,我们离开这里吧!"艾登说。李强紧随其后,一起转身跑下了楼梯。一分钟后,他们出来了。在阳光下,他们眨了眨眼睛。

"孩子们!马上离开那里!"

一个男人向他们跑来,艾登认出他就是早上放他们进来的门卫。男人像赶羊那样将他们赶离大楼。他们跟在门卫后面往外走,却都忍不住回头看了看学校。艾登吹起了口哨。

他们在天台的时候,已经从上往下看到了受损的一角。现在,他们看出这条大裂缝是从地面开始的,穿过一整面墙,一直延伸到天台。

就在这时,他们凝视着一面砖墙慢慢从大楼顶部掉落,砰的一声摔碎在一堆碎砖里。

"还好我们及时下来了。"李强说。艾登点头，突然间，他开始四下张望，像是想到了什么。

"天哪，我希望爱玛没事！"

"嘻，"李强笑笑，"不管她那儿发生了什么，都不会像我们所经历的那么惊心动魄。"李强说。

第 二 十 一 章

物尽其用

"我们不能从那儿出去!"顺蕊喊道,她惊恐地看着下水道的入口。水从那堵破损的墙流入走廊,再顺着下水道的入口倾泻而下。爱玛能听见水打在下水道里的水泥地面上,发出哗哗的声音。

"我只是说,那儿有一条出路。"爱玛回答。

黄老师却蹲下仔细看了看。

"你可能是对的。"他说,"那儿不太深,水流也不急,我们走过去看看。顺蕊,之前你用火柴烧了绷带,然后你把火柴放哪儿了?"

"我，我记得它们在那儿，黄老师。"顺蕊指着什么东西小声地说。火柴盒正随着水流轻轻旋转，漂向那个洞。

黄老师迅速把它捞起来看了看。盒子显然湿透了，火柴也点不着了。黄老师失望地丢掉了火柴盒。

"跟我来。"他说。

他们三个朝地下室走去，一路上溅起层层水花。爱玛闭上一只眼睛，看了一下那堵破损的墙。它是倾斜了吗？几十吨的水即将倾泻而出吗？

"爱玛，"黄老师发出指令，"找到你给顺蕊的伤口消毒用的高锰酸钾。顺蕊，再找一些绷带，或者干布。"

女孩们照做的时候，黄老师走进了一侧的房间，从里面拿出用一升的塑料瓶装着的液体和工具箱。

爱玛从医药柜里拿出一塑料盆的高锰酸钾晶

体。之前的绷带被炸到了水里，但顺蕊找到一堆运动队的 T 恤。

黄老师赞许地点了点头。他倒空了一个小塑料盒，把 T 恤塞了进去。

"要想活下来，"他一边拧开塑料瓶的盖子，一边漫不经心地说，"你必须物尽其用。"

下一步，他把蓝色的液体倒进塑料盒里。虽然不足以填满塑料盒，但足以浸透 T 恤。

"这些物品的生产商都没想过我会这样使用它们。"

最后，他把少量的高锰酸钾晶体倒在 T 恤上。

"使用方法也不在学校的教学大纲里，你们必须忘记在这里看到的一切。"

黄老师用螺丝刀柄把晶体捣碎，洒在 T 恤上。与此同时，他严肃地抬起眉毛看着爱玛和顺蕊。

"开玩笑的。"他补充道。

然后他又继续捣。

"因为，你看，防冻剂里的乙二醇……"

捣。

"……还有高锰酸钾……"

捣。

"发生化学反应后，会……"

黄色的火焰在 T 恤的皱褶处闪烁，很快吞噬了全部材料。

"燃烧！"黄老师自豪地说。他从工具箱里拿出一个长扳手，用它架起着火的 T 恤，然后他旋转扳手，T 恤缠在了金属把柄上。

"这样我们就能看清自己在做什么了。这边。"

他带着她们快速来到走廊里的那个洞前。

"如果我两分钟内没有回来，"他命令道，"就返回楼梯间等着。水流进来的话，只要不挣扎，你们就有机会浮到地面上。"

"有机会？"爱玛怀疑地说，黄老师在洞口停了下来。

"要不是因为逃生的机会可能会更大，我就不会选择跳下去了。两分钟，孩子们，开始数吧。"

就这样，黄老师带着着火的 T 恤跳进了雨水道里。

第 二 十 二 章

整个游泳池的水

顺蕊和爱玛同时看着手表。

"十五秒。"顺蕊紧张地说。

"三十……四十五……"

光亮在洞里闪烁，黄老师又出现了。

"我们可以出去！"他朝她们喊道，"跳下来，现在！"

他往后退了退，给她们留出空间。爱玛和顺蕊在洞口的边缘坐下，把自己往前一送，落在了地上。她们只往下跳了大概有一米半的高度。

爱玛直起身子，上上下下打量着下水道。水像瀑布一样啪啪啪地打在她的头上，她只得赶紧躲开。

下水道是一个方形的水泥管道，中间有一条沟渠。目前水只是顺着沟渠往下流，其余的部分是干的。从管道的大小来看，爱玛猜测能排出比现在多得多的水，大概是为雨量大的时候设计的。它能承受一整个游泳池那么多的水吗？而且这些水很可能会在同一时间涌进来。

"黄老师，远吗？"顺蕊问。

"对我们来说，不远。快。"

黄老师带领着她们，快速离开了那个洞。他们轻快地走在沟渠的两边，很快就远离了从洞口射进来的光。T恤燃烧散发出摇曳的黄光，这是他们现在唯一的光源。

光已经不如之前亮了。爱玛不禁自问，这到底是她的想象，还是用于燃烧的化学物质真的快要用完了？

有时候，爱玛真希望自己别这么爱幻想，这次便是如此。她想象着火熄灭了，沟渠里一片黑暗，接着洪水的声音传来。黑暗中，看不见的水汹涌而来……

又一个想法出现在脑海里，他们究竟要怎么出去？

爱玛睁大眼睛凝视着前方的黑暗。黄老师不到两分钟就回来了，他一定很快就找到了出路。但是现在，她眼前只能看到管道消失在火光外的黑暗中。他们正不断深入漆黑之中，光亮到底在哪里？

第 二 十 三 章

不会又来了吧?!

黄老师突然在另一个洞口前停了下来。这是一个圆形的铺了砖的洞口。它只有下水道的一半大,向上延伸出去。

"快上去!"黄老师敦促道,"快,快!"

女孩们很快从惊讶中回过神来,这个侧边管道只到爱玛的腰部,她和顺蕊快速爬了上去,离开了之前的主管道。爱玛回过身去帮黄老师,但他已经跟着她们爬上来了。

"现在,以最快的速度往前爬。"他指示道。

她们赶忙前进。新的管道只有之前的一半高，女孩们不得不低着头走路，黄老师几乎是蹲着的。

"弯曲着膝盖前行。"他说，"可能感觉有点奇怪，还会疼，但从长远来看，对你们的背有好处。"

爱玛有一种不祥的预感，他们在下水道里，但是砖墙是干的。她猜测一定还有其他的管道连着主下水管，雨水可能就是这样被排走的。

砖墙开始颤动，还传来一阵隆隆声。

爱玛的第一反应是，不会又来了吧！

又一次地震？雨水道不会坍塌吧？

他们不会被埋在一堆砖块和污水里吧？

爱玛和顺蕊不需要黄老师提醒，马上加快了脚步。

隆隆声中又加入了另一种声音，像是……喷涌而出的声音。

风从他们来的方向吹过。

"墙塌了！"顺蕊意识到，"水来了！"

那股微风，爱玛也意识到，是水推着下水道里的空气前进所产生的。

他们半蹲着顺着管道全速向前，身后的流水声更让他们一下都不敢歇息。

激流追上了他们，水冲到了他们前面。先是在他们的脚下，然后是膝盖，他们摔倒了。

水带着他们向前冲，爱玛的手、膝盖和身体都撞到了砖墙。火光被水浇灭，爱玛的眼前只有一些奇怪的色块。

几秒钟后，水流变慢了，爱玛的脚能碰着地面了。她在黑暗里踉踉跄跄地站起来，准备迎接下一波水流。但她感觉到水不再涌过来，而是开始向后流去，比来时要轻柔得多。很快，虽然她自己已经湿透，但双脚又站在了干燥的地面上。

"顺蕊？爱玛？"黑暗里传来黄老师的声音，"你们在吗？"

"黄老师，这儿。"爱玛和她的朋友同时回答道。

她听出黄老师松了口气。

"如果我们在主下水道里，我们可能就被淹死了。"他说，"水一定是往低处流的，主下水道比这里低，我估计水会往那里流，而不是这里。"

"但也有一些水涌上来了，黄老师。"顺蕊指出。

爱玛从黄老师的声音里听出了一丝轻松的感觉。

"当然。这就像冲厕所的时候，一开始水位会上升，因为水流进的速度比流出的快，但很快水位就会开始下降，这里也是同样的原理。现在，我在你们身后，你们背对着我声音的方向，伸出左手扶着管道壁前进，这样我们就不会在出现岔路时走散了。现在让我们继续寻找回到地面的路吧。"

"黄老师？"顺蕊在爱玛前面一点点，"我想我看到了一点光亮。"

爱玛屏住呼吸朝前看。没错，她觉得顺蕊是对的。奇怪的是，如果直接向前看，光就不见了。但如果把目光移开，余光就又能看到光了。

"太好了！那一定是雨水道的盖子。顺蕊，带路。"

手指划过砖墙粗糙的表面，他们越来越有信心地向前走。爱玛不像之前那样觉得时间紧迫了，最糟糕的已经过去。洪水来了，但他们活了下来！

前面真的有光，她已经能直接看见了，也能清晰地看到顺蕊的头挡在前方。

"哦，"顺蕊突然说，"好像有什么东西在这儿……"

爱玛发现挡在她和光之间的，不止有顺蕊。在前方的阴影中，隐约能看见另一些东西。原来是从天花板上掉下来的砖块和尘土，它们填满了下水道，只有顶部有一个小缺口。一定是地震的时候掉落的，出口被堵住了。

爱玛努力不让自己陷入绝望之中，真的就没有出路了吗?

地震逃生知识六

　　黑暗中如果看不清方向，可以采取一只手扶着一侧墙壁前行的方式，总会走出去。

第 二 十 四 章

谁也不能进去

"又有两名幸存者。"门卫对一名身穿警卫服的人说。他带着艾登和李强走向人群，人们聚集在停车场中央，这里是离周围大楼最远的地方。他们有的坐着，有的站着，有的焦虑地走来走去。

"你们叫什么名字？"男人问。他看上去很累、很不安，但还是挤出了一个笑容。笔和本子已经准备好了。

"先生，你是负责人吗？"艾登问，"我在找我姐姐。"

"嗯，告诉我你是谁，然后我会看看你姐姐在不在名单上。"他和善地说。

艾登和李强报出自己姓名，男人写在了本子上。

"很抱歉，我们这里没有你姐姐的名字，但我会把你们的名字报上去。"他从翻领上取下对讲机。

"能告诉我们发生了什么吗？"李强问，"我们被困在学校了，刚刚才出来。"

"嗯，刚才发生了地震。"警卫简明地说，他冲聚集的人群点了点头，"据我们所知，这是地震发生时所有在学校的人。市长办公室下令让所有人在此等候，他们正在想解决方案。你们受伤了吗？校医在那儿。"他朝一位女士挥挥手，她坐在搁板桌前，有几个人正排着队等待。这时警卫的对讲机响了，他把男孩们的名字报给那头的人。

"他们会通知你们的父母，如果能找到他们的话。"

"我们不能打给他们吗?"艾登问。警卫摇摇头。

"手机网络中断了。座机似乎还能用,但它们在大楼里面。在有人检查好之前,谁也不能进去。你们现在最好安静地等待。那边有人在发水,今天很热,去喝点水吧。"

警卫离开了,留下艾登一人无助地看着他的背影。

"我们去拿点水吧。"李强小声说。艾登点点头,没有说话。警卫说得没错,今天确实很热,刚才的一系列行动已经让他非常口渴了,妈妈经常提醒他小心别让自己缺水。现在他们已经脱离险境,到了安全的地方,他感到疲惫不堪。他心想应该早点注意到身体发出的信号的。

他们一人拿了一瓶水,艾登几秒钟就灌下去半瓶。李强喝了一口,在嘴里漱了一遍,才吞下去。

"你应该慢点喝。"他咂咂嘴说,"让身体慢慢吸收，这样才能最大限度地利用每一滴水。"

"我还是很担心爱玛……"艾登嘟囔着。他们朝一群女孩走去，她们在停车场的边缘，坐在一棵观赏树下。这时，艾登注意到了她们的运动包，那是用来放游泳装备的款式。

艾登快步走向她们。

"你们好！你们今天早上是在游泳吗？有人见到我的姐姐了吗？她叫爱玛·托马斯。"

有些女孩互相看了看。

"那个欧洲女孩？她之前在这儿……"

"对不起，我不知道她现在在哪儿……"

"等一下，黄老师是不是叫走了她？"

女孩们讨论起来，她们的声音太小、语速太快，艾登听不太清。讨论结束后，她们对艾登说："我们记得游泳课结束后，黄老师叫爱玛和顺蕊把什么东西搬去地下室。"

"地下室？"艾登的脸变白了，突然间，他的胃里好像飞进了一群蝴蝶，"有没有可能，地震发生的时候她刚好在地下室？"

女孩们立刻安静下来，吃惊地你看看我，我看看你，又看看艾登。很显然，没有人愿意回答这个问题。

在艾登看来，她们已经用沉默做出了回答。

"不会的！"他叫道，迈开腿就要跑去体育馆，李强马上拉住了他。

"你听到规定了，谁也不能进去。他们应该需要特殊救援队的帮助，要不然谁都有可能受伤。"

"但她不仅仅是在里面，她在地下！她可能被困住了！可能天花板塌了，可能……"艾登停住了，他不想说出最后的"可能"。

可能……没有希望了？

第 二 十 五 章

漩涡和喷泉

"跟学校不同，体育馆看上去没有损坏。"李强观察着说。

"也是……"艾登承认。体育馆比学校宽，但是要矮得多，它只有几层楼高。他能想象得出学校的高楼在地震中来回摇晃的样子，这也是裂缝出现的原因。但体育馆经得住考验，他希望。

"如果我们觉得她还在里面，我们得告诉别人。"李强说。艾登没有回应，而是朝前跑去，他又看到了什么。他不能进入大楼，但没人说不能在外面看。

艾登意识到体育馆并不是完全没有受损。他们走了很远，一直走到可以看到游泳池所在的那一边。这一侧的墙面就是一扇巨大的窗户，或者说，曾经是。整扇窗户已经在地震中震碎了，成堆的碎片散落在楼房的一侧。艾登踩到了几片，就不敢再往前走了。

但体育馆旁有一个草坡，爬上草坡的高处，可以透过碎了的玻璃看到里面的游泳池。水看着很蓝、很柔和。因无人打扰，水面平静，完美地映射出天花板的倒影。

然后水面出现了奇怪的震动。艾登很难说他是听到了，更像是感觉到了。游泳池的水面泛起波纹，倒影摇晃起来。

这时传来极其古怪的声音。"这是……这是……"哦，这让艾登想起了什么。

几秒钟后，他想起来这是泡完澡以后，浴缸里最后一点水流进下水道的声音。

就在他眼前，不可思议的事情发生了。游泳池的水面开始起皱，然后下沉，就像有无形的巨大重物压在上面似的。倒影围着凹陷的中心旋转，声音越来越大，隔着鞋子都能感觉到震动。

"看啊！"艾登惊叫。

"哦！"李强说，但他不是在看游泳池。在他身后，艾登听见惊奇和惊恐的喊声。他慢慢转过身去，水像喷泉一般从地底下喷射而出。人们聚拢过来围观。

就在这时，又一股喷泉出现在停车场对面约五十米的地方。这次，艾登看到方形的铁盖飞向天空。

"水一定是流进下水道了！"他叫道。第三股喷泉出现了，在一百米外的马路上，三股喷泉排成一条直线。

艾登转过身，惊恐地盯着游泳池。

"如果水都流走了……如果也流进地下室

了呢？"

"但是流出来了。"李强坚定地说，"这一定是好事，对吧？"

"是的，但是……"艾登叹着气说。他不知道该怎么做，也不知道该怎么想。他不知所措，只由着李强慢慢带他回到平地上，来到幸存者们等待的地方。他唯一能做的，就是心存希望，希望爱玛平安。

脚边传来一声巨响，吓得艾登直往后跳。他脚边的一个小小的圆形井盖动了。它升高了几厘米，又掉了回去。

在男孩们的注视下，它又慢慢升起。

"我们来帮忙吧。"李强说。他们蹲了下来，把手伸到井盖的边缘下。

"别这么做！"下面传来一个男人的命令，"如果它再掉下来，你的手指可能就没了。"

"啊，对不起。"

艾登也不知道为什么要说对不起，但男人的声音里带着经常发号施令的权威感。艾登和李强往后退了几步。盖子又升起来了，然后不断地上升。

下面传来一阵咕哝声，盖子离开洞口倒向了一边。一个男人抬头看到了他们，刺眼的阳光让他忍不住眨了眨眼睛。

"黄老师！"李强大叫。男人只是点点头，快速爬出了洞口。

血液在艾登的耳朵里跳动，他全神贯注地盯着洞口，希望从心中升起。

黄老师转身帮顺蕊爬出来，然后，最后一个是……

"爱玛！"艾登叫道。他看着姐姐在日光下摇摇晃晃地站起来，然后给了她一个世界上最大的拥抱。

爱玛越过他的肩膀看向体育馆。

"真的离得这么近吗？"她说。

"就是，"顺蕊说，"感觉我们爬了好几公里！"

第 二 十 六 章

让灯再亮起来

"所以，水只冲上来了一会儿。"爱玛说，"然后就又流走了。"

托马斯一家四口已经回到了家。艾登、爱玛、顺蕊和李强得到批准，可以自己走回家。河上的人行桥没有倒塌，工程师确认可以使用，他们是从人行桥上走过的。艾登和爱玛在半路上迎面遇到了他们的妈妈。爸爸和工程团队还在发电站，妈妈是自己过来的。一边走，四个朋友一边给苏讲了他们的经历，她吓得几乎要晕过去了。

顺蕊和李强各自回了家。艾登和爱玛到家后，在没有电和热水的情况下，把自己尽可能地清洗干净。

爸爸蒂姆从发电厂回家了，大家围坐在烛光下，孩子们又讲了一次他们的经历。

"水往低处流。"蒂姆若有所思地说，"所以水只向侧边的管道流了一会儿。就像你冲厕所的时候，水先是向上冲，然后再流下去。"

"黄老师就是这么说的。"爱玛表示同意，"这就是为什么他带我们去了那里。他认为如果我们留在主雨水道，墙塌的时候，我们可能会被淹死。"

苏捏了捏女儿的手。

"他是对的。"她温柔地说。

"所以，见到前方的光亮后，我们继续前进，但是管道被掉下来的砖块堵住了。黄老师教我们如何一块一块地小心清理砖块，以防有更多的砖掉下来。顺蕊最轻，她站在砖堆的顶上，把砖块递给我，我递给黄老师，黄老师再扔掉。然后我们就可以爬过去了，很快就来到了光照进来的地方。那里有一个带梯子的井盖，我们顺着梯子往上爬，就见到艾登了！"

突然间，天花板的灯闪了一下，亮了。他们眨眨眼睛，看着对方。厨房里传来冰箱和热水器启动的声音。

"太好了！"他们欢呼着。

蒂姆笑了。

"电力恢复是迟早的事情。地震发生时会自动断电，在那之后我们对系统进行了检查，再重新启动。过去的几个小时里，他们都在一条街一条街地检查。已经没什么事要我做了，我就回家了。要知道，这次地震造成的损害已经算是很小了。"

苏拿着四杯热茶坐下。

"还可能发生什么？"爱玛问，"我的意思是，除了像 2008 年那样造成了许多楼房的倒塌。"

"嗯，让我想想。"苏说，"1906年，几乎整个旧金山都被大火烧毁，地震造成煤气管道破裂，引起了火灾。"

"18世纪的时候，在里斯本发生的地震不仅造成了火灾，还引发了海啸。"蒂姆补充说。

"我们离海有一千多英里①呢，所以我想海啸应该不会发生。"艾登笑了笑。

"确实，但你见到了山体滑坡。如果我们再往西几英里，滑坡就可能会波及城市。"

"20世纪90年代，印度发生了地震，随后就爆发了黑死病。"苏说，"森林里的老鼠身上的跳蚤携带瘟疫，地震带来的震动把它们都驱赶到了城里。"

"是的，地震之后常出现疾病。"蒂姆说，"2010年，海地大地震后爆发了霍乱，因为供水受

---

① 英里：英制中的长度单位。1英里合1.609千米。

到了污染。就像我说的，我们算是很幸运了。"

"霍乱是由什么引起的？"艾登问。他的父母互相看了看对方，然后笑了。

"要不等我们不在餐桌上的时候再讨论？"

他们若有所思地喝了口茶。

"最不可思议的是我们的脱身方法。"过了一会儿，艾登说，"我的意思是，我们都没有任何特殊设备。你用化学物质和药品逃出了地下室，生产这些东西的人肯定从没想过它们还能有这种用途。"

"还有你，你用了油毛毡和消防水带！"爱玛喊道，"你刚才说的在你身上也同样适用。"

"就像贝尔·格里尔斯说的，要活下来就必须物尽其用。"

"不止这样，"苏插嘴道，她拍拍自己的头，"这里也很关键，你们必须有良好的心态。"

"没错，"爱玛表示赞同，"有几次我们遇到挫折，我只想坐下来大哭。"

"但是你没有。"蒂姆说,"这是最重要的,幸存者从不放弃。"

"我一定得多学一些与生存相关的知识。"艾登郑重其事地说。

"好的。但你得先去洗个热水澡,吃完晚饭,然后我们都要去睡觉了。"苏指示道,"真是漫长的一天啊!"

第 二 十 七 章

火灾前奏

在小城的另一栋大楼里，有一间储藏室。

那儿的灯也熄灭了。煤气总管道已被关闭，所有人都确信这里十分安全。如果附近有人必须要用煤气，他们可以借用储存在那里的天然气罐。

不过这不重要，因为并没有人在那里。地震中这栋大楼曾经有所晃动，它虽然没有受损，但是在工程师完成检查之前，居民不得入内。

也就是说，地震结束后，还没有人进去过。所以，没有人注意到天花板上的霓虹灯管损坏了，也

137

没有人闻到空气中天然气的味道。天然气正在慢慢泄漏。

然后灯亮了。损坏的霓虹灯管闪烁起来，接口处出现了火星。

呼的一声，泄漏的天然气被点燃了，火舌舔舐着旁边的金属架子。

在重物的压力之下，架子腿开始弯曲。

几瓶易燃的清洗液开始朝地板滑落。